南の窓から

minami no mado kara

短歌日記 2016

栗木京子

Kyoko Kuriki

ふらんす堂

一月

一月一日(金)

名古屋出身なので、雑煮は鰹のだしに鶏肉と干椎茸を加えて。削り節をたっぷりかけるのが、わが家流。

椀汁の上にて鰹ぶし踊り雑煮は尾張のふるさとの味

一月二日(土)

近所の天神様にお参りに。

羽ひろげ半円形に飛ぶときに
街のすずめは風を生みたり

一月三日㈰
息子は中年。年男である。

急がざる子なりき日暮れの公園に
ポケットいつぱい木の実拾ひて

一月四日(月)

正月休みが明けて、街も人も動きはじめる。今年は(今年も)ゆるゆると行こう。

ねぢ山のすり切れるまで巻き
締めし冬の心を椿がわらふ

一月五日㈫

今年は「ゴルゴ13」の日めくりカレンダーを買った。松岡修造の日めくりは明るすぎるし、ヒロシの日めくりは暗すぎる。

音もたてずうしろに立つなとゴルゴ言ふ

戦《いくさ》の気配迫る新年《にひどし》

一月六日（水）

渋谷の放送センターで「ＮＨＫ短歌」の収録。ゲストは俳優の細川茂樹さん、司会は剣幸さん。

うるはしき声帯をもつ二人
なり羨《うらや》みながら歌の批評す

一月七日㈭

私の弱点は耳である。疲れると耳鳴りがして、低音が難聴気味に。そのたびに耳鼻科に通うことになる。

冬の日の聴力検査　海に降る
白ききらめき身に感じつつ

一月八日㈮

駅前に「ドッグビューティースクール」がある。
トリマー（犬や猫の美容師）の養成所らしい。

ひとすぢの鳴き声聞こゆ「モデル
犬募集」の札の下がるドアより

一月九日㈯

桐野夏生の小説が好き。「婦人公論」に連載中の「デンジャラス」は晩年の谷崎潤一郎をテーマにしている。

谷崎はをみなの小さき足愛《め》で
き湯上りの爪切りつつおもふ

一月十日(日)

昨日は休みのはずだったが、夫に病院から呼び出しが。

仁術でも算術でもなく病む人に
呼ばるればゆく医師といふ者

一月十一日(月)

フラダンスのレッスン。

プルメリアを髪に飾りて踊りを
りわれらころがる楕円となりて

一月十二日㈫

フラダンスの仲間は五人で、全員が六十代。先生は若くて美人。

溜めてから腰振る、骨盤引き締める、先生のみがセクシーに見ゆ

一月十三日㈬

上野にて短歌大会の打ち合わせ。終了後にアメ横をぶらぶら歩く。アメ横の混沌としたエネルギーに惹かれる。

千円のソーラー時計をアメ横
で買ひしことあり一年保《も》ちぬ

一月十四日㈭

神田の学士会館にて現代歌人協会の理事会。

純白のクロスの掛かる卓に
つきまづ新年の挨拶交はす

一月十五日(金)

品川区の高齢者ホームで暮らす母を訪ねる。いろいろな色の口紅がほしい、というのでせっせと届けていたが、ホームの担当者から「持って来ないで下さい」と言われた。紙や布に塗りたくってしまうらしい。

もう母の唇《くち》には差さぬ紅なれ
どうつくし　花や貝殻の色

一月十六日（土）

録画しておいた「相棒」シーズン14・元日ＳＰ「英雄」を観る。
とても面白かったが、古谷一行の演じるテロリストの最期が美しすぎるところが気になった。

テロリストに静かな生はつ
ひに来ず娘の愛は緋色の軛《くびき》

一月十七日(日)

阪神大震災から二十一年。

鎮魂の日のめぐり来て寒風に
ジャノメエリカの葯《やく》黒く揺る

一月十八日（月）

商店街の青果店の店主は野菜や果物の目利き。しばしばテレビ局が取材に来ている。

千住葱、茨城の芹おいしくて
煮《にゅう》麺《めん》にのせ今日も食べたり

一月十九日（火）

父の命日。

赤は黄を、あるいは青を生むこ
とを墓前の炎見つつ知りたり

一月二十日(水)

毎年一月に歯石の除去をしてもらう。五日間ほどかけて徹底的に。診療室にはいつも音楽が流れている。

血まみれの口すすぎつつ聴きてをり昨日はバッハ、今日ビートルズ

一月二十一日㈭

歯並びの悪い私だが、歯の質は良いと医師に言われる。母は私を妊娠している間、骨や歯が強くなるよう食生活に気を遣ったらしい。感謝。

胎の子のために苦手な牛乳を
飲みし母とぞわが歯の恩人

一月二十二日㊎

浅草寺にお参り。外国人観光客であふれ返っている。「爆買い」という言葉はどうも好きになれない。

爆買ひし爆食をする人らをり
自爆テロなほ止まぬ世なれど

一月二十三日㈯

渋谷のＮＨＫホールにて平成27年度ＮＨＫ全国短歌大会。

ひと月前「第九」を聴きしホールなり今日は壇上に三時間座す

一月二十四日(日)

一月半ばを過ぎて、急に寒さがきびしくなった。

不凍港もとめ戦《いくさ》をせし国の

ありき雪雲平らかに照る

一月二十五日(月)

『みやざき百人一首』が届いた。宮崎には何度も行ったことがあるが、いつも晴天。空も海も青かった。

宮崎の青の彼方は透きとほりた
だ豊かなる〈無〉の流れをり

一月二十六日㈫

近頃は焚火を見かけなくなった。

生《き》のままの心で逢はむ空《から》つぽの

両手を焚火にかざすがごとく

一月二十七日（水）

パレスホテル東京にてＫＡＤＯＫＡＷＡの俳句・短歌賀詞交換会。
角川短歌賞・俳句賞の授賞式が行われ、角川短歌賞は二十代の鈴木加成太さんが受賞。

いつまでが新人だらうトンネ
ルを抜けて列車は雪原をゆく

一月二十八日㈭

置時計のうちの一つが遅れがち。

分針の遅れをただす朝まだき
錐揉みしつつ寒気の来たる

一月二十九日㈮

ホテル椿山荘東京にて毎日芸術賞の贈呈式と祝賀会。伊藤一彦さんも受賞者の一人。

寒椿の紅うるほひて南国の人

はやあやあやあどうもと現はる

一月三十日（土）

「おのづから喉より出でて異なれり冬は冬のこゑ春は春のこゑ」（伊藤一彦『土と人と星』）

梅の実も花も愛《め》でにし万葉の
人のこゑなり伊藤さんのこゑ

一月三十一日(日)

茶の木の花はふっくらとして愛らしい。こんな可愛い娘がいたらなあ、と妄想の世界へ。

生き別れせし子がふとも逢ひに

来るやうなゆふぐれ茶の花白し

二月

二月一日㈪

母の九十一歳の誕生日。口紅は禁止されたが、爪にさくら色のマニキュアを塗ってもらっている。

脈を診《み》る医師からさくら色の爪

きれいですねと母は褒めらる

二月二日(火)

冬の空気は澄んでいる。傷ましいほどに。

空に在る光は最もさびしくて
飛行機雲のまっすぐに伸びる

二月三日（水）

「NHK短歌」の収録。ゲストはダイアモンド✡ユカイさん。今回の題は「ねたむ」。

ちつぽけな我も誰かに妬まれて冬と春とがすれ違ふ道

二月四日（木）

立春。鶴屋吉信の銘菓「福ハ内」をいただく。

てのひらにのせて見てをり白

餡を包むやさしき梔子色を

二月五日㈮

映画「スター・ウォーズ　フォースの覚醒」の公開にあわせてディズニーランドの「スター・ツアーズ」も新バージョンになった。行きたいなあ。

反乱軍スパイに選ばれわが顔は
サブモニターに映し出されき

二月六日(土)

夫の誕生日。

右回りをひだりに変へるはむづ
かしく今日も夫は働きすぎる

二月七日（日）

核のゴミ（高レベル放射性廃棄物）はどのように処理されるのだろう。海底に地権者はいないというものの。

未来へと債務を残し海底に
核廃棄物埋められゆくや

二月八日 (月)

近眼用と老眼用、パソコン用のものなど、四つの眼鏡を使い分けている。

火口湖の遠きかがやき宿りたり卓のめがねに夕日の差せば

二月九日㈫

今まで携帯電話で新幹線の予約をしてきたが、機種が古いためアクセスできなくなった。やむなく新機種に買い替えて、痛い出費。ガラケー族は怒っている。

森越えて国に入ること許されず
ガラケー族の野営の灯《あか》り

二月十日 (水)

二年前の今日、小高賢さんが急逝した。沖ななもさんと私は、小高さんからたびたび焼肉やすき焼きをご馳走してもらった。

少食で、と言ひつつ肉を追加する
るをみな二人を笑ひし小高氏

二月十一日㈭

今でも神保町の街角で小高さんに会えそうな気がする。

水中にヒヤシンスの根けぶりを

り人を連れ去りゆく死はそこに

二月十二日㈮

「俳句日記」の稲畑廣太郎氏は十八キロのダイエットに成功なさったという。凄い！　私は四十歳を過ぎてから太りはじめた。

紅玉は酸つぱく硬し痩せぎすの
少女でありし日々はるかにて

二月十三日㈯

バレンタインデーに先がけて、逆チョコをもらう。「カカオ・サンパカ」のアソートメント。宝石のようだ。

今日きみは奇数のをとこマフラー
に顎をうづめて店に入り来る

二月十四日（日）

「塔」さいたま歌会。この歌会は皆さん熱心だが、おっとりとした雰囲気なのが心地よい。自己顕示欲をぶつけ合うような歌会は（有意義なのだろうが）どうも苦手である。

比べられ煽られ短歌から去りしその幾たりの弱さ愛しむ

二月十五日（月）

高安国世先生からののんびりとあたたかく見守ってもらったことを感謝している。私は、競わされたり叱咤激励されたりすると潰れてしまうタイプなので。

弱音吐く人を励ますことできずただうなづきて駅にて別る

二月十六日(火)

「長崎の教会群とキリスト教関連遺産」のユネスコ世界遺産への推薦が見送られた。残念。数年前に訪ねた天草の﨑津天主堂は今も心に残っている。

潮風に十字架《クルス》は細く光りつ
つ漁村のなかに天主堂あり

二月十七日 ㈬

如水会館にて高野公彦氏へのインタビュー。第一回。「歌壇」6月号から連載がはじまる企画である。

「トラークルの詩より学びきにんげんは死の海に浮く小《ち》さき流木」（高野公彦『流木』）

流木の根元をあらふ早《さ》みどりの水を思へり眠りゆくとき

二月十八日㈭

町で道を尋ねられることが多い。教えて差し上げたいが、私は方向音痴。

峠路の標《しるべ》のごとし方位失
せ右か左で道を指すわれ

二月十九日㈮

帝国ホテルにて読売文学賞贈賞式。小池光さんが歌集『思川の岸辺』で詩歌俳句賞を受賞。

掏《す》摸《り》に遭ひて泣きたる若き日の
妻を小池光はぽつりと詠みき

二月二十日㈯

東京と岐阜に家があるため、新幹線で毎月往ったり来たりしている。

浜名湖の彼方に小《ち》さき富士見つ

けやがて車中にひたひたひた眠る

二月二十一日(日)

沈丁花の白いつぼみが光っている。

早春の日差しを受けてつぼみ
見ゆいまだ香らぬ沈丁花の垣

二月二十二日㈪

フラダンスの仲間の一人が骨折で先週から入院中。レッスンのあと、皆で見舞いに行く。

踊り子は骨がいのちよ、などと

言ひ鎖骨を折りし人を笑はす

二月二十三日㈫

保育園の子たちが公園で遊んでいる。

翅をもつ性ともたざる性あり
て保育園児ら苑にあそべり

二月二十四日(水)

息子にメール。彼は私の名を「千代田」、夫の名を「桜田門」とスマホに登録しているらしい。警察小説のファンなので、わからなくもないが。

元気かと息子に問へばスイーツの画像が届きひとまづ安堵

二月二十五日㈭

自転車で荒川の橋を渡り、隣町へ。

じんじんと左右の岸を押す
川の力おもひて橋渡りゆく

二月二十六日㈮

八十年前の今日、二・二六事件が起きた。松本清張の遺作『神々の乱心』を読むと、この事件の謎が次々に掘り起こされ、興味は尽きない。

破軍星すなはち北斗の第七星
きさらぎの夜の神も見たりや

二月二十七日（土）

猫の額ほどの庭も春めいてきた。

プランターに球根でこぼこ埋めゆ
けり雑俳を読むたのしみに似て

二月二十八日(日)

「二度の偶然はない！」（日めくりカレンダー「ゴルゴ13」より）

偶然をよそほひながら待つと

いふ技《わざ》も恋には必要ならむ

二月二十九日（月）

歌人の竹山広さんは一九二〇年の二月二十九日生まれ。

姿勢よき竹山さんとのツー
ショット黄梅かをる窓辺に飾る

三月

三月一日㈫

「五十代からの女性の生き方」をテーマとする月刊誌の取材を受けた。「美しい自分勝手」について、少しだけ語る。

花韮に午後の日ながく照りゐたり生きて汚れてゆきたくはなし

三月二日㈬

「ＮＨＫ短歌」の収録。ゲストは別所哲也さん。題は「駅」。今回にて、一年間にわたる第三週選者の仕事が終了。収録後に他の選者やスタッフの皆さんと打ち上げ会。

君の目の映る車窓を想ひをり
夜の駅を発ち目は運ばるる

三月三日（木）

雛まつり。

木蓮の真白き花はゆふまぐれ雛《ひひな》の顔のやうに咲きをり

三月四日（金）

花粉症の季節。今年は鼻よりも目に違和感を覚えている。「ゲゲゲの鬼太郎」の目玉おやじになりたい。

目薬をさしつつ思ふ碗の湯に
浸れる「目玉おやじ」の愉悦

三月五日（土）

「塔」短歌会には選者を各地の歌会に派遣する制度がある。今年、私は福岡と岡山へ。

派遣され栗木は「のぞみ」で西へ行く
メリー・ポピンズの傘を持たねば

三月六日（日）

昨日は福岡、今日は岡山での歌会。

電報で到着時刻知らせにし明

治の歌人の円居《まどゐ》あたたかし

三月七日 (月)

どちらの歌会も楽しかった。短歌の仲間とは不思議な存在である。

助詞は「を」か「に」かと語らふ春
の午後うたの岸辺にわれらつどひて

三月八日㈫

山陽地方の山々のなだらかさが眼裏に残っている。

山脈の鞍部にたまる月光は
金貨銀貨の音《ね》を持ちをらむ

三月九日 ㈬

如水会館にて会合。一ツ橋綜合財団の方々とお目にかかる。

冠より帽子はやさし笑みながら紳士が中折れ帽を脱ぐとき

三月十日（木）

本日も如水会館へ。高野公彦氏へのインタビュー。第二回。

逆立ちの得意な歌人高野氏
に故郷の海のことを尋ねる

三月十一日㈮

東日本大震災から五年。あの日はＪＲ横須賀線車中に二時間閉じ込められ、そのあと新橋から北千住まで三時間歩いて帰った。

自転車は売り切れだつた4号線北へ北へと歩きしあの日

三月十二日（土）

「力点はオリンピックにもう置かれ天秤の皿の上の東北」（駒田晶子『光のひび』）

国益といふ言の葉を危ぶめり東北になほ苦難つづきて

三月十三日(日)

さいたま市にて現代短歌新人賞の授賞式。受賞歌集は尾崎朗子さんの『タイガーリリー』。選考委員の一人として選評を述べる。

来世はオキアミにならむといふ歌を
収めて『タイガーリリー』雄々しき

三月十四日（月）

四十年ほど前、京都の下宿で一人暮らしをしていた。

ひとり分の洗濯物を干してゐる若き日のわれ見ゆる春の日

三月十五日㈫

五年前、東日本大震災後に計画停電が行われた。被災地の人に申し訳ないと思いながらも、停電が怖かった。

停電に怯ゆる意気地なきこころ
弥生の闇にまた浮かびくる

三月十六日（水）

ロボット犬を飼いたいと母が言う。

ＩＱが高く鋼《はがね》の皮膚をもつロ
ボット犬をわれも飼ひたし

三月十七日㈭

流れ星に願いをかける、ということもなくなった。

「叶へます、すべて」と星の降り来
れば何を願はむ逃ぐるほかなし

三月十八日㈮

かぐや姫は、たぶんこう言って月の世界に戻ったのだろう。

今宵まだ月は生まれたて　あなた
とはやはり幸せになれないやうだ

三月十九日（土）

アメリカには「ベター・ザン・セックス」という名の甘い菓子がある。比較級って、ステキだ。

昨夜より今朝より今が一大
事、鞄の中に鍵見あたらず

三月二十日(日)

目尻も口角も下がり気味。

重力に逆らふ力保ちゐしここ
ろとからだを若さとおもふ

三月二十一日(月)

春のお彼岸。

長身の息子は墓石の天辺《てっぺん》まで拭き浄めつつ何を祈るや

三月二十二日㈫

雑用に追われてきちんと夕食をとれない日がある。そんなとき冷蔵庫の中の豆腐は強い味方。

食べはぐれたる真夜中の湯豆腐

よ小鍋のなかにくつくつ踊る

三月二十三日 ㈬

ハワイ語で「イ」は方向を示し、「ムア」は「前」を指す。「イ・ムア」は「前を向いて」という励ましの言葉。

忘れ去ることなら得意、泣くこ
とは苦手で今日も元気と言はる

三月二十四日㈭

かぐわしい春の夜。

ぶらんこを半仙戯《はんせんぎ》と呼び揺らす夜

の銀河もゆれてしたたりやまず

三月二十五日（金）

樋口一葉は明治五年三月二十五日生まれ。

「奔馬性結核により死す」とあ
り作家の見し夢駆けつづけゐむ

三月二十六日㈯

北海道新幹線が開業した。「はやぶさ」は東京と新函館北斗を約四時間で結ぶ。

海底を翔《かけ》るはやぶさ体側のむらさきの線かがやかせつつ

三月二十七日(日)

駅の階段に「おなかに赤ちゃんがいます」のプレートが落ちていた。ホルダー部分がはずれて落としてしまったのだろうが、一瞬ドキリとする。

赤ちゃんとママの描かれしプレート
は月夜の駅に誰を待ちゐる

三月二十八日(月)

公園の花壇。通るたびに土を眺めている。

春うららこの世は楽しきところ
かと球根たちはさざめきをらむ

三月二十九日(火)

東海地方ではお馴染みのコメダ珈琲店だが、関東には店舗が少ない。
最近になって近所にようやく支店ができた。トーストがおいしい。

十代の頃の息子の好物なり粒
あんたつぷりのせたトースト

三月三十日(水)

ささいなことで母を叱ってしまった。

老母から謝られたるさびしさ
よ窓すこしあけ夕日呼び込む

三月三十一日㈭

バターナイフというのは美しい形をしている。

垂直にバターにナイフ差し込み
て抉《ゑぐ》ればをののき走る何ゆゑ

四月

四月一日(金)

二輪草はスプリング・エフェメラル(春の妖精)とも言う。

雨はれて二輪草咲く野の道

は夢の入り口あるいは出口

四月二日(土)

花粉症の薬をのむと眠くなる。

白き芯のこして氷溶けゆくを
ねむりの淵におちながら見る

四月三日(日)

京都市の「塔」短歌会事務所にて、塔短歌会賞・塔新人賞の選考会議。
事務所は京都御所のすぐ南にある。

御所といふ闇の南に集ひ来ぬさ
くらひとひらふたひら散る日

四月四日(月)

日野草城の連作俳句「ミヤコ　ホテル」を想いながら。

草城の妻の食みたるトースト

は古都の朝《あした》を明るませけむ

四月五日㈫

上野の国立西洋美術館にて、カラヴァッジョ展を観る。「果物籠を持つ少年」の絵。

少年は豊かな乳房もつならむ
籠から葡萄や柘榴あふれて

四月六日㈬

カラヴァッジョ展の「法悦のマグダラのマリア」。

瞳より蜜したたらせ聖処女は仰

向きをりぬバロックのひかり

四月七日(木)

それほどたくさんの仕事をしているわけでもないのに、手際よくこなせない。なぜだろう。集中力低下のせいか。

原稿のはかどらぬ日はプードル

になりて小首をかしげたりする

四月八日（金）

ヴィオラの音色が好きだ。

まだ触れぬ指想ひつつ春の日の
楽器の店にヴィオラまどろむ

四月九日（土）

花びらがはがれ落ちそうなチューリップ。

咲き切つたチューリップの花、赤い花ゆるゆるゆるの服着てゐるやうな

四月十日(日)

黒を着こなすのはむずかしい。私の場合、「法事帰りのおばさん」になってしまう。

葉桜の季節に黒の映えながら
日傘は坂をのぼりてゆきぬ

四月十一日(月)

骨折で入院していたフラダンスの仲間が回復し、レッスンに復帰。上野公園内の和食の店でお祝いをする。

おからの茶飲みつつ聞けり坂道で孫をかばひて転びし話

四月十二日㈫

夫には一歳違いの弟がいる。二人はまったく似ていない。

弟は宿敵、そしてたからもの
夫に年子のおとうとのあり

四月十三日（水）

「婦人公論」短歌欄の担当編集者が産休に入るため、新しい担当者と顔合わせの会。

アネモネの色はさまざま産
休や育休の人ゐる編集部

四月十四日(木)

渋谷の放送センターにてＮＨＫ「短歌de胸キュン」の収録。若手の芸人さんやモデルさんたちと。

アドリブは空飛ぶナイフ　二つ三つ受けとめそこねアッと血が噴く

四月十五日（金）

二列になって園児たちが歩いてゆく。

ひかりとは粒なり粒にくるま
れて幼き児らは遠足にゆく

四月十六日 ㈯

「春がすみいよよ濃くなる真昼間のなにも見えねば大和と思へ」（前川佐美雄『大和』）

毒をもつ草木や昆虫そだて
つつ山はねむれり春の霞に

四月十七日(日)

時々、ハーブの香りの入浴剤を使う。

ハーブ湯につかりて思ふキリスト
の足にくちづけしたる女人を

四月十八日（月）

如水会館にて高野公彦氏にインタビュー。第三回。

三鷹から来し電報にみちびかれ
夏、日賀志氏は高野氏となる

四月十九日 ㈫

六年前から西日本新聞短歌欄の選者をしている。熊本の地震のその後を案じながら投稿歌を読む。

春の城を詠みし歌あり震災
の前の熊本からの葉書に

四月二十日(水)

熊本地震、揺れがおさまるのを祈るのみ。

いのちといふやはらかきもの乗せ
ながら断層はなぜ歪みやまざる

四月二十一日㈭

しばし蟻の動きを見ていた。

公園の花壇にシャベル置かれゐ
て把手のあたりを蟻のぼりゆく

四月二十二日（金）

千代田区の角川本社ビル会議室にて、俳人の片山由美子氏と対談。

「祖父の世は屋号で呼ばれ柏餅」（片山由美子『香雨』）

葉間《はあひ》より柏の新芽ひかりを

りわが家の男みんな甘党

四月二十三日（土）

被災地には晴天が続いてほしいのだが。

天気予報見つつ憂ひぬ被災
地の上に伸びゆく雨雲の帯

四月二十四日（日）

如水会館にて「短歌研究」の座談会。京都の島田幸典氏、愛知の広坂早苗氏と。

辛口の批評は抑圧ではなくて
期待なれども伝はらざらむ

四月二十五日（月）

録画しておいたドラマを観ていると、ドキリとする。

再生せし画面に地震速報の
流るるたびに時間は凍る

四月二十六日㈫

母の住むホームの近くに伊藤博文の墓所があり、木々が繁っている。

地の上に生くるものみな卵より
生《い》でしと思ふ若葉かをれば

四月二十七日（水）

壇ノ浦の戦が行われたのは太陽暦にすると四月の末頃か。

そのかみの壇ノ浦おもふ坂東の
ことばに怯えし女官のこころ

四月二十八日（木）

喇叭管とは卵管のこと。

鳴り出づることなきままに喇叭
管わが身に沈む死のその日まで

四月二十九日㈮

愛知県蒲郡市にて藤原俊成短歌大会。駅の近くに竹本油脂の工場があり、以前は胡麻油の香ばしい匂いがした。

子を連れて来し夏ありき潮
風に胡麻の香れる蒲郡駅

四月三十日 (土)

人足寄場は、江戸幕府が設けた無宿人や刑余者の収容所。

男らが人足寄場に仰ぎたる
江戸の夕日か川面に映えて

五月

五月一日(日)

ときには樹木も横向きの姿勢をとりたいだろう。

横ざまに五月の空を飛びゆける大木あらば愉しからむよ

五月二日(月)

宮崎産のマンゴーを食べる。まさに芸術品。

完熟しネットの底に落つるとき
マンゴーは目をつむるや否や

五月三日（火）

百合の花は美しいが、花粉が困りもの。

黒檀の卓にこぼれて百合花粉産
みつけられしやうにつやめく

五月四日 ㈬

つばめの飛ぶ季節になると歌謡曲「胸の振子」を思い出す。
古い曲だが、映画「トキワ荘の青春」のエンディングで流れていて好きになった。

若さとは電池なくとも右ひだり動きつづける振子に似たり

五月五日 (木)

端午の節句。武者震いというのをしたのは、いつのことだっただろう。生まれてから一度も体験していない気もするが。

裸城《はだかじろ》に火の放たるるそのときに身は震へけむ甲冑のなか

五月六日（金）

散歩の途中に大きな家があり、樟の木が見える。

家系図の奥なる闇のやうに揺
れ五月の大き樟の木はあり

五月七日㈯

ＪＲ山手線の車中、子どもたちの声がする。

宥《なだ》め方うまきひとりは父親の

口真似するらし子らの喧嘩に

五月八日 (日)

飛び回る蝶よりも、動かない蛹のほうが愛らしい。

さみどりの蛹は蝶よりうつくしく枳殻《からたち》の葉の裏にひそめり

五月九日（月）

同世代の知人と話していたら、みんな来生たかおのファンだった。「夢の途中」はいいね、と盛り上がる。

さよならは別れではなく約束

と唄へば愉し六十代われら

五月十日㈫

如水会館にて高野公彦氏にインタビュー。第四回。

連絡のファクスにイラスト添へてあり「T.K.」といふ署名とともに

五月十一日（水）

家中のレースのカーテンを洗う。

風、ひかり、希望、泥棒だつて
来る窓なり白きカーテン揺れて

五月十二日㈭

ＮＨＫ「短歌de胸キュン」の収録のあと、現代歌人協会理事会へ。

テレビ用メイク落とせば丸顔の
さらにゆるみて会議へ向かふ

五月十三日㈮

吉祥寺にて平田俊子さんの詩集『戯れ言の自由』を読む会。少人数で、なごやかに。

詩を語り合へば心の明るめり
マドレーヌには窓《マド》があるから

五月十四日（土）

母と公園まで散歩。以前は手押し車を使って歩けたのだが、今は車椅子でないと危なくなってしまった。

公園で手洗ふ人の袖口に触れて小手毬ほろほろと散る

五月十五日(日)

大阪市にて関西短歌雑誌連盟「春の短歌祭」の講演。

真田丸といふ要塞ありし世
の難波の空を鳶は翔けしや

五月十六日 (月)

五月病という言葉が身に沁みる。

役所勤め二年でやめしわれは
見つ蜜吸ふ蜂の至福と虚脱

五月十七日㈫

果物屋さんの店先が華やいでいる。

枇杷、茘枝、さくらんぼ初夏の

果物に大き一粒種のひそめり

五月十八日(水)

中村稔氏の著書『西鶴を読む』を拝読。たとえば「好色五人女」のお夏清十郎。お夏は「好色」とは言えない、という指摘に共感を覚える。

藤棚の下に思へり首を抱きう
しろから刺す終はらせ方を

五月十九日㈭

一年のうちに五月が二度あればいいなあ。

聖五月ゆふかたまけて降り出でし雨は生《き》蜜《みつ》のきらめきを帯ぶ

五月二十日 ㊎

「つくづくと芽のものうまき五月来ぬ」（矢島渚男『冬青集』）

楤の芽の天ぷらうまし揚げた
てに舌は驚き顎はよろこぶ

五月二十一日㈯

岩手県北上市にて詩歌文学館賞贈賞式。
選考委員の一人として出席。

「筒咲き」がツツジの語源なりとい
ふみちのくの野を染めて咲きをり

五月二十二日(日)

岩手県盛岡市の石川啄木記念館へ。
作家の浅田次郎氏は「啄木が苦手」と以前に対談で語っておられた。

痩せ我慢せぬ啄木の横着を
江戸っ子浅田氏は厭ひしか

五月二十三日(月)

東京都知事の舛添要一氏の政治資金疑惑。節約と吝嗇とは違う。

ペンギンの家長は言へり正月
の家族旅行は自腹で行かう

五月二十四日㈫

子どもが小さかった頃は、晴れて洗濯物がよく乾くだけでうれしかった。

花を摘むやうに洗濯とり込みぬ
ソックスひとつふたつ落として

五月二十五日㈬

区立図書館に行った帰り道、荒川土手を散歩する。

失速のつばさたたみて紡錘の

かたちとなれる鳥のいのちや

五月二十六日㈭
夫の実家へ。

わづかなる遺産といへど根こそ
ぎに奪ひ取るべく税制はあり

五月二十七日（金）

路地の奥のケーキ店。「あすは正午からチョコカスタードパイを焼きます」とお知らせが出ている。

おみやげの苺があるからケーキ焼
かうそんな子育てまたしてみたし

五月二十八日（土）

もう何十年もパチンコをしていない。

釘師といふ職業いまはあらざ
るや街に軍艦マーチながれて

五月二十九日（日）

ひきだしを整理していたらトランプが出てきた。

さかしまに顔ふたつありとらんぷの
ハートのジャックは真横を向きて

五月三十日(月)

東京スカイツリータウン内の「ソラマチ」で買い物。

50%オフの値札はワンピースの
腰のあたりに吊られてをりぬ

五月三十一日㈫

宮沢賢治の童話集『注文の多い料理店』を読む。先週、盛岡に行った折にこの本の版元である光原《こうげん》社《しゃ》を訪ねた。

イーハトヴは夢と野心と愛の
国　本はさつぱり売れなかつたが

六月

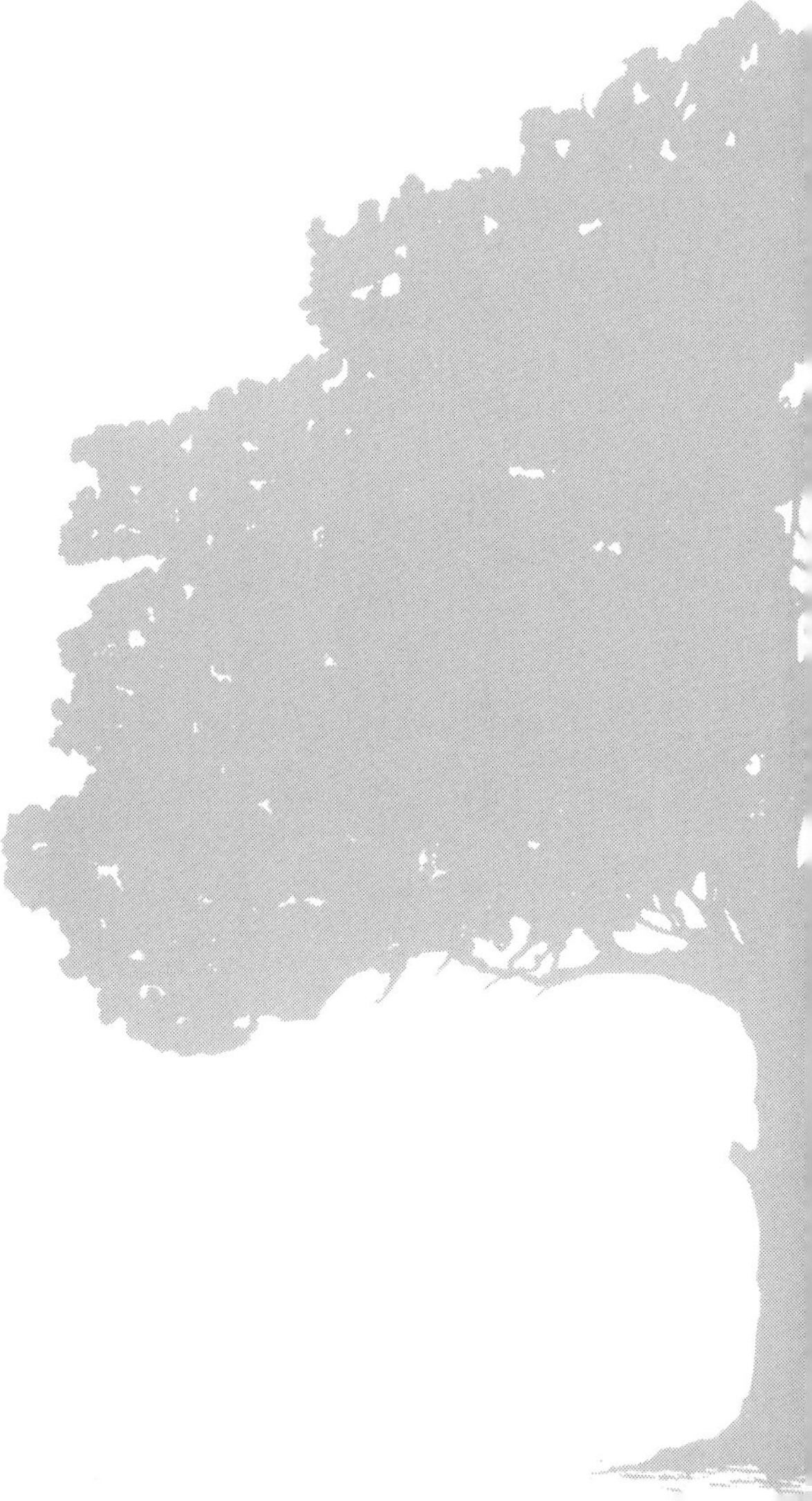

六月一日㈬

五月二十七日のオバマ大統領の広島での声明。インターネットで読み返す。

核弾頭一万五千さはいへど
オバマの語る未来信じたし

六月二日(木)

坂井修一氏の歌集『亀のピカソ』の詞書の一節に「雇用者数世界最大の事業者はアメリカ国防軍であり、三二〇万人」とある。

しろたへの珠のごとしも敗戦後七十余年を軍もたぬ国

六月三日㈮

ファイナルセットでの勝率の高い錦織圭選手は本当に強いなと思う。

先行をせし疾走も差し切られ
牝馬しづかにダートを去りぬ

六月四日（土）

夏椿の花は朝ひらいて夕方には落ちる。

夏椿はなにを怺《こら》へてゐる花

か二回転して土に散りたり

六月五日（日）

京都市にて「塔」短歌会の拡大編集会議。六月の京都では「水無月」という和菓子をよく食べる。

「水《み》無《な》月《づき》」の三角形を皿に取り京・北山の氷《ひ》室《むろ》をおもふ

六月六日(月)

まだ六月だが、紫外線の強さは真夏並み。

影までがわれの象《かたち》をもつゆゑに
初夏のまひるを歩むほかなし

六月七日㈫

神田小川町の中華料理店にて読売新聞の俳壇・歌壇の選者懇親会。酒豪揃いの中で、岡野弘彦氏と私だけが下戸。

下戸ふたりまじへて宴闌《たけ》ゆけり短歌、俳句の行方やいかに

六月八日（水）

代々木の明治神宮にて明治記念綜合歌会の常任委員会。御苑の花菖蒲が見頃である。

感情の糸底洗ふ音ならむ菖

蒲を濡らすたそがれの雨

六月九日（木）

塚本邦雄氏の忌日。先月、詩歌文学館で「塚本邦雄展」を見た。その折の子息・塚本青史氏による講演は印象深いものであった。

邦雄氏に、ではなく愛犬百合
若に隠し子ありし事の顚末

六月十日㈮

調べもののため永田町の国会図書館へ。拙宅から地下鉄一本で行けるのがありがたい。

三宅坂に銀杏青葉のひかる午後
書庫の闇から文字をよび出す

六月十一日（土）

近所の文房具店。レジの横に金魚鉢が置いてある。

金魚鉢の底にみどりの陽は流れ
あらそひはありこの世界にも

六月十二日(日)

叔父さんから夫に健康相談の電話。

夜の小雨　体調嘆く人から

の電話に夫は応へてをりぬ

六月十三日（月）

高台の見知らぬ家に洗濯物がゆれている。

裂かるるなら上《うへ》下《した》でなく左《さ》右《う》

がよし物干台に布ひるるがへる

六月十四日㈫

岐阜の実家（空き家）の草刈りに。かつて、近くの川には蛍が飛んでいた。『源氏物語』の「蛍」の場面をふと思い出す。

ほうたるは月の光が苦手なり
貴人《あてびと》が手に掬ひしほうたる

六月十五日㈬

久々の草刈りで疲れた。

夜すがらの風しづまれば榛の木
は音ひとつづつもちて眠りぬ

六月十六日㈭

古事記の「あなにやし愛少女《えをとめ》を」というくだりは、すばらしい。ふと呼びかけてみたくなる。

鉢植ゑのダリアの花に「愛《え》少女《をとめ》!」と呼びかけ今朝も出掛けゆくなり

六月十七日㈮

一年に一度くらい、何かに追いかけられる夢を見る。

逃ぐるとき東西南北消え失せ
てわれさへ消えて夜道を走る

六月十八日㈯

親戚の大学生。上京してまだ一年ほどだが、引越しをするという。

カーテンを替へるついでに引越し
をするとふ若さうらやみてをり

六月十九日(日)

母の乗る車椅子を押して公園へ。夕方になると涼しいので、高齢の方々が何人か来ている。

車椅子とめて木《こ》下《した》に老女を

り植物よりも凜《きよ》きその脚

六月二十日(月)

元気な頃の母は洋服を買うのが大好きだった。

抽斗にサマーセーターあまたあり倒産セールに母が買ひにき

六月二十一日㈫

神田駿河台の山の上ホテルにて新聞社のインタビューを受ける。テーマは「私の先生」。高校一年生の担任だった英語の先生について語る。

師にあこがれ通訳目指しゐし
頃の名古屋訛りのわが英会話

六月二十二日(水)

千代田区飯田橋のホテルエドモントにて蛇笏賞・迢空賞の贈呈式と祝賀会。迢空賞は大島史洋氏の歌集『ふくろう』が受賞。

鮸《に》膠《べ》もなき語調に愛をひそませ
て史洋氏は詠む歌びとたちを

六月二十三日㈭

如水会館にて高野公彦氏にインタビュー。第五回。

「雨一夜ふり足らひけり水辺の枝にあかるむ大かたつむり」（高野公彦『淡青』）

触角はゆふべの雨に濡れながら露草の葉に大かたつむり

六月二十四日㈮

夏至が過ぎて、「明け易し」という季語を実感する日々。

実らざる夢を逆さにぶら下げて
夏至の夜ふけに子は帰り来ぬ

六月二十五日（土）

舛添要一氏が今月二十一日に東京都知事を辞職した。

追及をされても汗をかかざりし人は怜悧な朽《くち》縄《なは》ならむ

六月二十六日（日）

代々木の明治神宮にて月次歌会の選者を務める。

遠空を雷ころがりゆくゆふ
べ御苑の水に花菖蒲立つ

六月二十七日(月)

昨日は歌会のあと、明治神宮の苑内をしばらく散策。

黄昏は紙のたばこを巻くやうに
屋根を鳥居を木々をつつめり

六月二十八日(火)

参議院の選挙戦のまっただなか。国会議員には歳費や手当の他にさまざまなお金が入る。党や派閥からもらう「夏の氷代」(冬の餅代)なんていうのもあるらしい。

シロップに舌染まりたり為政者の食むかき氷何千杯か

六月二十九日（水）

鳩山邦夫氏が先週亡くなった。切手少年だった氏は、東京中央郵便局の建て替えが決まったとき「天然記念物の朱鷺を焼鳥にして食べるようなもの」と激怒した。

卓抜な比喩をのこして逝きにけり蝶と切手を愛でし男は

六月三十日(木)

神田の学士会館にて現代歌人協会の総会。現代歌人協会賞は吉田隼人さんの歌集『忘却のための試論』に。

花束は小振りがよろし選評や
受賞のことばは短きが良し

七月

七月一日㈮

今日から七月。

ジョン・レノンの眼鏡をかけて
ゐるやうな犬歩みくる七月の街

七月二日㈯

パソコンの具合が悪くなったため、加入しているサポートセンターに電話する。メカに弱い私に、担当者（声が若い）は電話を通して懇切丁寧に教えてくれる。

若者のことばに縋り歩みゆく奥のほそ道パソコンの道

七月三日（日）

近所のスーパーマーケット。ＷＡＯＮポイントカードというのに切り換えるよう勧められる。ポイントカードをいろいろ持ち歩いているが、どこまで使いこなせているのやら。

札《さつ》でなくポイントカードで膨らめる財布を持ちて午後の買ひ物

七月四日(月)

遺伝子という観点からは、人間も樹木も昆虫も意外に近い。

樫の木とわれとの遺伝子の近
さ思へば仲間の蜂飛び来たり

七月五日 ㈫

施設の母を訪ねると、ちょうど美容室（月に一回、美容師さんが施設にやって来る）に行っていて、留守だった。棚に飾られている父の遺影を見ながら部屋でしばし待つ。

母は留守　生者の時間に雨降れ
ど遺影の父は梅雨晴れに笑む

七月六日（水）

ゲンノショウコの別名はミコシグサ。花弁に走る紫色の筋を蜜標という。花にやって来た虫を蜜へと導く役目をしているらしい。

ミコシグサ白き花弁にむらさきの蜜《みつ》標《へう》走り日射しにしづか

七月七日（木）

今日は七夕。

失恋し商船大学に進みたる男友達おもふ星祭り

七月八日㈮

夕風にダチュラの白い花が揺れている。

揺れてゐる喇叭はダチュラと教
へられ花の咽喉《のみど》を覗き込みたり

七月九日 (土)

品川区大井町のホールへ。
フラダンスの先生が出演するショーを観にゆく。

いま誰の愛に触れしかフラ踊
りながらプア《花》をくばる指先

七月十日（日）

参議院選挙の投票日。近所の小学校の体育館へ。

「六十年安保の末期を見し者はデモより投票の重みを知りぬ」（篠弘「まひる野」2015年12月号）

投票を終へたる人はまた杖をとりて体育館より出づる

七月十一日(月)

NHK「短歌de胸キュン」のロケで北海道勇払郡むかわ町へ。
白亜紀末のハドロサウルス科恐竜の化石が発掘され、注目されている地である。

白亜紀の地球をあらふ波音を
聴きて恐竜ねむりたりけむ

七月十二日（火）

むかわ町のロケ。
ここは、ししゃもとメロンの産地でもある。

夜は汐風、昼は海光受けながら
メロンの縞目甘くからみ合ふ

七月十三日 ㈬

高野槙を使った木製のワインクーラーが人気らしい。

横たはる裸婦のごとくにシャンパンの瓶は木桶にかかりてゐたり

七月十四日（木）

睡眠不足は体に悪い。などと言いつつ、だらだらと昼寝。

顔の上《へ》に伏せおくページ匂ひ
つつ夏の真昼の熟睡《うまい》みづいろ

七月十五日㈮

東京都知事選挙。昨日告示がなされ、いよいよ選挙選に。

舌先に跳梁跋扈といふことば
ころがし歩む炎暑のみちを

七月十六日 (土)

宮崎県東諸県郡国富町へ。
国富町西部には法華嶽薬師寺があり、和泉式部が病気平癒を願ったという伝説が残っている。

恋よりも哀傷の歌うつくし
き女人を偲ぶ夏の法《ほ》華《け》嶽《だけ》

七月十七日（日）

宮崎県国富町の短歌大会にて講演。演題は「現代短歌の中の牧水」。

医家を継がざりし牧水、朔太
郎、中也よ母のこころやいかに

七月十八日（月）

神田の学士会館にて現代歌人協会主催「全国短歌大会」の選歌。

紙めくるリズムにかそか遅速あり歌人《うたびと》つどひ選をする部屋

七月十九日㈫

『源氏物語』の夕顔の巻は一種のホラー小説である。

某院《なにがしのゐん》の闇へといざなはれあ
はれ夕顔のいのち消えたり

七月二十日 (水)

暑い日が続く。

ものの影めくれあがりて炎《も》えむ

とす夏の地平に日の沈むとき

七月二十一日(木)

暑さしのぎに古代エジプトの星空を想う。

ミイラ師が王の屍《かばね》をかこみ
ゐし夜々の記憶に幾億の星

七月二十二日㈮

本日も、暑さしのぎの想像の世界へ。
「おとなの恋」について想う。

指がまづ冷えてこころの冷ゆるまで十秒ばかりおとなの恋は

七月二十三日㈯

荒川の花火大会。
辻原登氏の小説『寂しい丘で狩りをする』の末尾で主人公は「人生《ラ・ヴィ》は一瞬の花火にすぎない、と書いた作家がいたけれど、だれだったかしら」とつぶやく。この「作家」は芥川龍之介であるらしい。

人生は花火か、あるいは一行の
ボオドレエルか明日は河童忌

七月二十四日(日)

商店街の小さな靴店。

夏の朝シャッター開《あ》けば段《きだ》な
して並べられゐる靴の光りぬ

七月二十五日(月)

短歌研究新人賞の結果が発表された（私も選考委員の一人）。受賞者は十八歳の女性。

土の上《へ》に栗のイガ緑《あを》くまろびをり文語失せゆく世の明るさに

七月二十六日㈫

如水会館にて高野公彦氏へインタビュー。第六回。インタビュー後に、本阿弥書店の奥田洋子さんと私は、神保町「なにわ」で高野さんにご馳走になる。

「薄明喩」とは美しきことばかな鱧梅肉と冷酒の宵に

七月二十七日㈬

夕立のあとの樹木は精悍に見える。

今しがた天から曳き出されしごと
く驟雨に濡れてポプラ立ちをり

七月二十八日（木）

夏の疲れは足に来る。

バス停から高校までを走る夢

このごろ見るは疲れゐるゆゑ

七月二十九日㈮

スマートフォン向けゲーム「ポケモンＧＯ」が先週から日本でも配信されるようになった。「歩きスマホ」がさらに増えた気がする。

補陀落へ向かふ小舟に人満てり「ポケモンＧＯ」に導かれつつ

七月三十日 (土)

高安国世先生が亡くなったのは、三十二年前の七月三十日。

歌ゆゑに不幸になるなと師は言へり疏水に沿ひて木々さやぐ道

七月三十一日㈰

暑がりなので、「弱冷房」の車両にはけっして乗らない。

地下鉄の棚に揺らるるバッグあ
りチベットの風詰まりをらぬか

八月

八月一日㈪

小学校や中学校の卒業文集。何を書いたのか覚えていない。

ワイドショー画面に映る加
害者の幼き頃の作文哀し

八月二日(火)

去ってゆく者にとって、人間の世界はどんなふうに見えるのだろう。

鶴女房、きつね女房、雪をんな

日暮れには吾《あ》もここを去りたし

八月三日㈬

若さに形があるならば正方形だろうか。

実を付ける前の葡萄の葉は繁り正方形のそのまぶしさよ

八月四日㈭

咲き終わった芙蓉が花びらをたたんで落ちている。

白き蟬散らばるごとし咲き終
へし芙蓉は朝の土に静もる

八月五日㈮

先月のＮＨＫの北海道ロケでは地引網をして楽しかったが、腕と首筋が日焼けしてしまい、二十日程たっても治らない。クリームをもっとたっぷり塗ればよかった。「年増の厚化粧」は大切である。

兄は赤く、わたしは黒く日に
焼けたり伊東の海で泳ぎし夏に

八月六日（土）

一九四五年八月六日午前八時十五分、広島に原子爆弾が投下された。

玄関に水打ちてのち向かひ
家《や》の主は朝の黙禱をせり

八月七日 (日)

夕立に打たれて走る。たまにはこういうのも悪くない。

夕立が街を過ぐれば汚れゐる
ものみな歓喜の声を上げたり

八月八日(月)

若い頃の恋愛は傷つけ合うことにも意味があった。

パパイアを匙もてゑぐる感
触に心傷つけ合ひし日遠し

八月九日（火）

長崎の原爆忌。竹山広さんを思う。

「胡瓶持ち蒲桃《ぶだう》を持つ手　千の手に混じらずや焼かれながらひらく手」（米川千嘉子『吹雪の水族館』）

混葬の火中にひらくてのひら
を見つめし人に戦後終はらず

八月十日㈬

両親は門限にひじょうに厳しかった。
独身時代を思い出すとき、いつも私は夜道を走っている。

門限といふ愛情を科され来
しわが人生よ夜道を走る

八月十一日㈭

時々むしょうにサイダーが飲みたくなる。

窓際にサイダーの壜置かれをり声を出さざる喉の晶《すず》しも

八月十二日㈮

河野裕子さんが亡くなってから、もう六年。裕子さんが元気だった頃に「映画『たそがれ清兵衛』はすばらしい」と意気投合し、二人で盛り上がったことがあった。

裕子さんは今ごろ歌塾をひらきゐむ海坂藩の寺子屋借りて

八月十三日(土)

実家の墓参り。なかなか行けないのが心苦しい。

亡き父にまづ詫びてのち蠟燭
の芯へマッチの炎をおろす

八月十四日（日）

リオデジャネイロ・オリンピック。時差は十二時間。

半日の時差は悩まし明け方の
テレビにリオの熱戦を観る

八月十五日（月）

安倍晋三氏の発言に共感を覚えることはほとんどないが、かつて氏がブログに記した次のことばだけは印象に残っている。「家庭の幸福は、妻への降伏」。

降伏の日を知らぬまま奪はれ
しいのち思へと蟬鳴きしきる

八月十六日(火)

小学生の頃は夏休みに祖母の家によく泊りに行った。

祖母の飼ふ猫は恐がり　階段をゆ
つくりころがりながら降りにき

八月十七日㈬

心が沈みがちな日は、昆虫図鑑をひらく。

粉《こな》状《じやう》のアブラムシ喰ふ粒《つぶ》ほど
のテントウムシをり緑の世界

八月十八日 (木)

猛暑の昼を過ぎて、夕方の大雨。

ばりばりと豪雨が窓を打つゆふ
べわが自意識のはがれさうなり

八月十九日㈮

隣家に幼稚園児のお孫さんが遊びに来ている。笑顔が愛らしい女の子。

聞きわけのよき幼な子の哀しくて吊り風船のゴムの中の水

八月二十日(土)

岡山市にて「塔」全国大会。二百名以上がつどう。

夏《げ》安《あん》居《ご》のありし世遠く駅前の
ホテルにつどひ読み語り飲む

八月二十一日(日)

「塔」全国大会二日目。私は歌合わせの判者を務める。

誠実な「読み」こそ大事ときをり
はパフォーマンスも必要なれど

八月二十二日(月)

息子が幼かった頃、近くの公園でよく花火をした。

風邪癒えて線香花火してゐた
る子は泣き出しぬ三十年前

八月二十三日㈫

少女趣味だと笑われそうだが、南瓜を切るたびにシンデレラの童話を思う。

もし魔法使へるならば何をせむ南瓜に今し刃を入れむとす

八月二十四日㈬

雨が降ると材木の香りが際立つ。

製材所の床に散りゐる肌色の
粉つやめけり驟雨ののちに

八月二十五日（木）

荒川の土手を走る自転車が、電車の窓から見える。

なつかしき眼鏡のやうに自転車の
輪は過ぎゆけりゆらりぴかりと

八月二十六日㈮

大手町のＫＫＲホテル東京にて高野公彦氏へインタビュー。第七回。高野さんが五十一歳で河出書房新社を退職した頃の話をうかがう。

六十一のわれは危ぶむ五十一で
職を退きたるそのいさぎよさ

八月二十七日(土)

母が誤嚥性肺炎で大田区の病院に入院中である。肺の機能が回復しないため、二十四時間の点滴と酸素マスク。

点滴をはづせと母はうめきたり

ミトンはめゐる手を泳がせて

八月二十八日(日)

食べ物を口に入れ、嚙み、飲み込む。衰弱した母には、これがとてもむずかしい。

青空にゆらぐキリンの首おもふ
ゼリーをひとさじふたさじ掬ひ

八月二十九日(月)

幸いなことに母の容態は少しずつ快方に向かっている。

抗生剤効きて呼吸の安らぎし
母は「帰るよッ」と言ひたり

八月三十日㈫

晩夏にぴったりの怪談「真景累ヶ淵」。

年下の男に去られし豊《とよ》志《し》賀《が》の
こころ知らざるまま夏の過ぐ

八月三十一日(水)

NHK学園の和倉温泉短歌大会に出席するため能登半島へ。
北陸新幹線に初めて乗る。

半島へ向かふ旅なり指先に
痛点いくつたどるがごとく

九月

九月一日(木)

和倉温泉短歌大会で岡井隆氏と対談。岡井氏の最新歌集は『暮れてゆくバッハ』である。

ドイツ語でバッハは小川　せせらぎを聴きつつ岡井氏と対話する

九月二日㈮

新学期。最近の小学生はあまり日焼けしていない。

クワガタを手首に這はせ体毛
のいまだあらざる少年の皮膚

九月三日（土）

地下鉄の隣の席で幼い子が恐竜図鑑を開いている。

恐竜の名をつぎつぎに言ひ当
てて幼児の頰の遠き夕映え

九月四日（日）

「煮びたし」という調理法が好きである。

揚げ茄子に醬油のいろを含ませ
て下肢冷えやすき新秋のわれ

九月五日（月）

拙宅から東京スカイツリーが見える。六三四メートルのこのタワーだが、着工から半年ほどは地下の工事ばかりが続いたという。

蟬の声消えたる闇に浮かびをり
スカイツリーは深き根もちて

九月六日㈫

駅の出口を東西南北で表わすようになった。
「駅裏」という言葉には味わいがあったのだが。

駅裏へ踏切越えてあゆみゆく男をりたり秋雨の午後

九月七日（水）

果物の種といえども少し無気味。

内部より出でたるものはなま
なまし桜桃のたね皿に光りて

九月八日㈭

NHK「短歌de胸キュン」の収録。題は「傷」。

木洩れ日が光の傷を撒き散ら
す街を見てをりバスの窓より

九月九日㈮

重陽の節句。『雨月物語』の「菊花の約《ちぎり》」を思う。
吉祥寺にて石井辰彦氏の歌集『逸げて來る羔羊』を読む会。

菊の香や女と女の間には死
しても果たす契りなどなし

九月十日㈯

「銀河系秋区3番野菊咲く」（坪内稔典『ヤツとオレ』）

わが裡に地図あり5番街あたり
り雲の浮かんで秋に入りたり

九月十一日(日)

断わるのが苦手なので、つい安請け合いをしてしまう。

ランニング・シュートをねらふ無
謀さで「諾」の返事を投函したり

九月十二日（月）

フラダンスの発表会が近い。

フラ踊るときのわが身に大
小の歯車軋みながら回りぬ

九月十三日㈫

草食動物になりたいと思うときがある。

草を食《は》み風を食みつつ生まれくる思想はいかなる色を持てりや

九月十四日㈬

パソコンの画面がときどき動かなくなる。

パソコンの画面をよぎる煙《けむ》状《じやう》

の影なにならむ雁の渡りか

九月十五日 (木)

熱海市にて「源実朝を偲ぶ仲秋の名月伊豆山歌会」。
歌会と式典に参加する。

総身の初々しさよ月の夜の
子らは実朝の舞を奉ずる

九月十六日㈮

如水会館にて「短歌研究」の三賞の授賞式。
ちょっと気取って真珠のネックレスをしてゆく。

真珠玉ひとつぶごとに貫かれ
輪をなししゐるを首に飾りぬ

九月十七日㈯

小林清親の浮世絵。

清親の浮世絵見をり白抜きの
線で描かれし雨のすずしも

九月十八日㈰

樹木はよい表情をもっている。

嘘をつく、でも約束は守り
抜くそんな貌《かほ》して櫟の立てり

九月十九日（月）

母の病状は落ち着いているが、今後の治療のことなどを兄（藤沢市在住）と相談する。

品川で会はうと電話かけてくる

ケーキの好きな兄はいもうとへ

九月二十日(火)

如水会館にて「短歌研究」の年鑑の座談会。

浮標《ブイ》うかべあるいは錘しづめつつ短歌の動きを論じ合ふなり

九月二十一日(水)

神田の学士会館にて現代歌人協会の公開講座のパネリストを務める。
テーマは「湯川秀樹の短歌」。

戦死せし弟を泣く湯川氏の
大《だい》文《もん》字《じ》の歌忘れがたしも

九月二十二日（木）

秋の彼岸。
元気だった頃の母は、父の遺影に百合の花をしばしば供えていた。

香り濃き百合飾られて亡き父
はひととき百合の国に棲む人

九月二十三日㈮

岐阜の実家へ。高校時代の友人のお墓参りをする。

一周忌の友の墓前に集ひ来ぬ手
書きの地図をもちてわれらは

九月二十四日(土)

地図を見るのが苦手な私だが。

同じ地図もちて沢へと下りゆきし日のあり友の逝きてまた秋

九月二十五日㈰

今年は迷走する台風が多い。

子の棚に男子校卒業アルバ
ムのありて九月は台風多し

九月二十六日（月）

五十七年前の今日、伊勢湾台風が東海地方を襲った。名古屋に住んでいた私は五歳。かすかに恐怖を覚えている。

屋根の上に瓦を直す父親のラン
ニングシャツまぶしかりにき

九月二十七日㈫

千代田区のアルカディア市ヶ谷にて日本一行詩大賞の授賞式。
短歌関係では、大賞を伊藤一彦氏、新人賞を千種創一氏が受賞。
千種氏はヨルダン在住。

日本人チグサ氏の咽《の》喉《ど》うるほせ
り死海近くで採れしスイカは

九月二十八日(水)

如水会館にて高野公彦氏へインタビュー。第八回。
高野さんの連載「明月記を読む」についてお尋ねする。

漢文の日記書き継ぐ手をとめ
て定家も見しや秋の夜の月

九月二十九日㈭

「わが句あり秋の素足に似て恥ずかし」（池田澄子『思ってます』）

歌一首推敲しをり軟膏を
秋の踵にすり込むやうに

九月三十日（金）

築地の浜離宮ビルにて現代短歌大賞の選考会議。
少し早目に着いたので築地市場を散策する。

海鮮が丼《どん》にあふるる築地市
場　土壌汚染はここにもありや

十月

十月一日(土)
今日から十月。

香りゐる樟の葉いちまいちぎり
たり季節の紐を引き寄せながら

十月二日(日)

今年は九月の末になっても暑い日が続いた。

ある夜ふと風の尾と尾のつなが
りて季節は秋に移りゆくなり

十月三日（月）

近所の中学校からブラスバンドの練習の音が聞こえる。

アミノ酸分子模型のころがりゐ
し理科室おもふ木洩れ日の午後

十月四日 (火)

葉の先を濡らす静かな雨。

葉の先に雨のしづくのふくらめ
ば世界のどこか呼吸しはじむ

十月五日（水）

ショッピングモールのベーカリー。キッチンの様子がガラス越しに見える。

子の手首ひねるがごとくパン生地
を練る人の見ゆガラスの向かう

十月六日 (木)

荒川の堤を散歩する。

はぐれたる大事な人と出会ふた

め生まれて来しや夕日うつくし

十月七日㈮

茨城県土浦市にて小野小町文芸賞の選者会議。

伝説のなかの小町は老ゆるなし常陸の里に柿、栗食みて

十月八日(土)

母が再び誤嚥性肺炎になり、大田区の病院に入院している。

食べられず飲めずさぞかし悔し

からむ丈夫なる歯を誇りゐし母

十月九日(日)

小樽のレストラン「海猫屋」が今月末で閉店するという。
村松友視の小説『海猫屋の客』に惹かれて訪れたことがあった。

待ち合はせしたる息子は現れず海猫屋に食む辛口カレー

十月十日（月）

体育の日。祭日だが、フラダンスのレッスンがある。

運動の基本は重心移動なり

フラ踊る足もつれよろめき

十月十一日㈫

滲出性中耳炎という持病があるため、定期的に耳鼻科で検診を受けている。

泣きもせず耳の奥まで診《み》られゐる
みどり児をりて秋雨しづか

十月十二日 (水)

いささか手垢のついた感はあっても、生々しさの伝わる言い回しがある。たとえば「痴情のもつれ」。「男女間の揉め事」というよりも迫力がある。

函《はこ》の中でいかなる修羅のありたる
や銀のネックレスからまりてをり

十月十三日㈭

NHK「短歌de胸キュン」の収録。題は「隠す」。

母はもう物を隠せず点滴や
導尿管を身につながれて

十月十四日（金）

水分の補給は大切。

起きいでて水のむ夜更け胡《こ》瓶《へい》
もち百済観音たたずみてをり

十月十五日(土)

神田の学士会館にて現代歌人協会の全国短歌大会。

初めての入賞者もをり選者なる
われらは代はり映えせざれども

十月十六日(日)

千葉県の海浜幕張のホールにてフラダンスの発表会。

若き日に行きしハワイの花の香は

忘れたれども踊るウララ・エホー

十月十七日(月)

「その〝正義〟とやらはお前たちだけの正義じゃないのか?」(日めくりカレンダー「ゴルゴ13」より)

正義にはいろいろあると言ひたげに飛蝗をつつき猫去りゆけり

十月十八日㈫

何の脈絡もなく言葉が口をついて出ることがある。たとえば「フィヨルド」。

残り菜《な》を卵でとぢて昼すぎの
厨に食めば遠しフィヨルド

十月十九日㈬

如水会館にて高野公彦氏へインタビュー。第九回。
旅の歌についてうかがう。

船乗りのパイプにのこる海の香よ
ナンバンギセルはうつむき咲けり

十月二十日（木）

干椎茸は万能だと思う。

思ひ出はつくりつづけるために

ある　水にふくらむどんこ椎茸

十月二十一日㈮

歯茎に違和感を覚えて歯科医院に。診療の間、ずっとハンカチを握りしめている。

花柄のこのハンカチに恩誼《おんぎ》あり角を揃へて四つにたたむ

十月二十二日(土)

秋の闇には意外に粘り気がある。

十月の闇は黒蜜とうろりと
悪にまみるる快《け》楽《らく》をおもふ

十月二十三日(日)

誕生日。

われに似る誰かも雲を眺めゐ

む彼方の窓が夕日に染まる

十月二十四日(月)

一九六〇年代を舞台にした韓国ドラマを観ていると「夜間通行禁止令」というのが出てくる。午前0時から4時まで民間人は外出できない、という法令があったらしい。

通禁令解けるまでこの廃屋に二人でゐようと言はれてみたし

十月二十五日㈫

インドでは「昨日イコール明日」と見做されるという。

天秤に昨日《きのふ》と明日《あす》が釣り合ひぬ
しからば今日《けふ》はゼロか無限か

十月二十六日㈬

後ろ向きに歩くと健康に良いらしい。ただし障害物に注意。

歳月は巻き戻せねど秋ゆふ
べ後ろ歩きをしたき明るさ

十月二十七日㈭

一九五五年に日本住宅公団ができて、２ＤＫや３ＬＤＫといった住まいが広まった。私が生まれたのは一九五四年。

ＬＤＫ普及とともに育ち来て
夜更けわが身はＬよりＫへ

十月二十八日㈮

芙蓉は咲いてから一日で散るが、花期そのものはわりあい長い。

夢を見てしまひしことの罰なら
む芙蓉は細く花びらを閉づ

十月二十九日㈯
寄せ植えのリンドウが美しい。

竜胆のなかに在るべし細密
に〈青〉を分析する工房が

十月三十日（日）

箱は竹製のはこ、函は文書を入れるはこ、匣は小さなはこ、筥はまるい形のはこ。

蓋のなき筥《はこ》と底なき筥ありぬ
恋を容《い》るるにいづれ良からむ

十月三十一日(月)

母は私を産んだあと、名古屋市内の実家で一ト月ほど過ごしたらしい。

新生児のわがため柱に一ト月
をつながれをりき母の実家《さと》の猫

十一月

十一月一日㈫

NHK「短歌de胸キュン」のプロデューサー・蜂谷一人さんが第一句集『青でなくブルー』を刊行した。渋谷の公園通りクラシックスで出版記念パーティー。

「行く秋のプラハに青き星の塔」(蜂谷一人)

百塔のそびゆるプラハの空高
く蜂の羽音はのぼりゆくかな

十一月二日(水)

気に入りのイヤリングに限って、片方を失ってしまう。

泣く歌をこのごろ詠んでゐないな
あイヤリングまたひとつ落とした

十一月三日㈭

小学校一年から六年まで、息子にはヒロコちゃんというガールフレンドがいた。今日は彼女の誕生日。毎年、誕生会に招待されて、いそいそと出掛けていったものである。

ヒロコちゃんに借りしハンカチし
ばらくを抽斗に秘めゐたりし息子

十一月四日㈮

サンドウィッチマンのコント「ピザ屋」が面白い。ピザの配達者と客の会話。「遅くなりました。迷ってしまって」「店からここまで一本道だぞ」「いえ、行こうかどうか迷っていたので」と始まる。

こころには淵と瀬ありて晩
秋の一本道でをりをり迷ふ

十一月五日 (土)

八月から髪を伸ばしはじめた。

括りゐし髪ほどきたる夜の更け
を藻屑は波に揉まれてをらむ

十一月六日㈰

何もしたくない午後。テレビでゴルフの中継を見る。

芝の上《へ》を白きボールはころがりて他界の穴にコツンと消ゆる

十一月七日（月）

いつも行く美容室。シャンプーの上手な女性がいる。

関節のやはき指もて髪の根

を洗はれてをり今日は立冬

十一月八日（火）

小学生の頃、ビタミン剤を服用するように母から言われた。
毎朝「パンビタンペレー」と唱えながら飲んでいた記憶がある。

パンビタンペレーと唱へて飲みしのち徒歩三十分の登校したり

十一月九日(水)

息子が上京するはずだったのだが。

電話から息子の声はドタキャンを告げたり機長のアナウンスのごとく

十一月十日㈭

NHK「短歌de胸キュン」の収録。題は「はさみ」。

熟れてゆく水のおもてに蝶の来
てはさみのやうに翅かさねたり

十一月十一日㈮

吉祥寺にて斉藤斎藤さんの歌集『人の道、死ぬと町』を読む会。著者を囲んで少人数で。

被災地に影おとしつつ歩む人
あなたは斉藤それとも斎藤

十一月十二日(土)

中野のサンプラザにて古谷円さんの歌集『百の手』の批評会。

「がっかりして心が澄むということあり冬晴れの鉄の匂いある青」(古谷円『百の手』)

右ひだり持ち替へながらあきらめを力となせる強さ羨《とも》しむ

十一月十三日(日)

浦和市にて「塔」さいたま歌会。歌会を早目に切り上げて、千田智子さんの歌集『三日月』の批評会を行う。

「トースター長き役目を今朝終はりその焼き上がり音《おん》も消えたり」（千田智子『三日月』）

チンと鳴り黄金《こがね》色《いろ》してジャン

プする食パンうれし霜月の朝

十一月十四日(月)

ティファニーのシンボルカラーの青は駒鳥の卵の色をイメージしているという。

駒鳥の卵の色なり冬空の
青を瞳にをさめて歩む

十一月十五日㈫

「帰り花鶴折るうちに折り殺す」（赤尾兜子『歳華集』）

折りそこね片《かた》羽《は》ゆがみし紙の
鶴冬のひかりに巣籠りてをり

十一月十六日㈬

NHK「スタジオパークからこんにちは」の今日のゲストはスピードワゴンの二人。この二人に短歌を厳しく指導する人として私も少しだけ出演。

その後、如水会館にて高野公彦氏へのインタビュー。第十回。

感性の井戸田氏、思索の小沢氏

なり褒めむとすれどやはり貶《けな》しぬ

十一月十七日㈭

品川区の老人施設に母を訪ね、帰りに銀座をしばらく歩く。

横たはるときも胸乳《むなぢ》の盛りあが
り画廊に裸婦像しづまりてをり

十一月十八日㈮

夫のゴルフクラブを粗大ゴミに出す。肩の具合を悪くして、完全にゴルフをやめてしまった。

18番ホールの芝目よむ人の
肩をかすめて蝶とびゆけり

十一月十九日(土)

アメリカ大統領選挙で敗れたヒラリー・クリントン氏。なぜか格好良い。かつて島田修三氏は彼女の足の太さを歌に詠んだのだが。

敗北を認めるヒラリー・クリントン　二本の足は声を支へて

十一月二十日(日)

金星を覆う雲は硫酸の粒であるらしい。

金星をつつむ真綿の色の
雲、今日のこころを喩へて言へば

十一月二十一日(月)

反省すれど後悔せず。今後は、これをモットーにしよう。

今日といふ日をたつぷりと憎みたるのちに眠らむ明日を呼ぶため

十一月二十二日㈫

先週、明治座で「祇園の姉妹《きょうだい》」の舞台を観た。溝口健二監督、山田五十鈴主演の映画の印象が強かったせいか、今回はあまり心が動かなかった。

結末の暗さに燠《おき》の色ゆれて

山田五十鈴の泣き叫ぶ声

十一月二十三日㈬

神田神保町にも趣深い画廊がいくつもある。

汽車の窓並ぶがごとしほの暗

き画廊に銅版画の飾られて

十一月二十四日㈭

息子の誕生日。

子とふたりソウルに旅せしこと

ありき実弾射撃に興じたりして

十一月二十五日（金）

母の住む老人施設に行くと、一週間分の献立表をもらってくる。たとえば今日の夕食は「菜めし、秋刀魚の生姜煮、蓮根のはさみ揚げ、長葱と胡瓜のぬた和え、けんちん汁」。おいしそうだ。しかし母は嚥下機能に問題があり、ミキサー食。

ミキサーの渦に消えゆく蓮根の
歯ごたへ、ぬたの舌ざはりなど

十一月二十六日㈯

フラダンスの仲間と早目の忘年会。北千住の東京芸術センター内のレストランにて。発表会のときの化粧について、話題が盛り上がる。

長き長き付け睫毛にて装へど初老のニューハーフにしか見えず

十一月二十七日㈰

京都市にて「塔」短歌会の選者会議と拡大編集会議。

われの言ふ冗談またもスルーされ分刻みにて議事の進みぬ

十一月二十八日(月)

「臆病のせいでこうして生きている」(日めくりカレンダー「ゴルゴ13」より)

闘はず去る決断を臆病と言ふ人のあり　臆病が良し

十一月二十九日㈫

今日は「１《い》１《い》２《に》９《く》」の日。かつて隠岐島で食べた牛肉はおいしかった。

丘に立つ隠岐牛の背をなめな
がら夕日は波の下に沈みぬ

十一月三十日㈬

花と葉と枝は一体として愛でるべきもの。

雪椿のをさなき花とつややか
な葉を分けがたし一《いっ》枝《し》を卓に

十二月

十二月一日㈭

今年も、いよいよ十二月に入った。

竹群の竹濡れてをり隣り合ひつ
つも触れてはならぬものある

十二月二日㈮

薄手の衣類をクリーニング店に。今年は天候が落ち着かず、衣類の入れ替えがこんなに遅くなってしまった。

空間の大動脈見ゆクリーニング店
の梁よりアイロンコード下《お》りて

十二月三日㈯

覚醒剤使用で逮捕された歌手のＡＳＫＡ。チャゲ＆飛鳥の曲は大好きで（特に「男と女」や「終章《エピローグ》」）、車を運転しながらよく聴いていたのに。

薬物の全能感の次に来る絶望の渦いかに暗きか

十二月四日（日）

浦和市にて現代短歌新人賞の選考会。受賞歌集が決まると、選考委員長の中村稔氏がその場でプレスリリース用の原稿を執筆なさる。瞬時に完璧な文章ができあがることに、いつも感嘆する。

稿を書く、珈琲を飲む、煙草
吸ふ、選考終へて人それぞれに

十二月五日（月）

港区元赤坂の明治記念館にて明治記念綜合歌会の常任委員会。
宮司さんたちは皆さん袴姿だが、色や模様がそれぞれ異なっている。

水色の袴の宮司に導かれ
会議室へと歩みゆくなり

十二月六日（火）

理化学研究所のチームが合成に成功した原子番号113番の新元素。「ニホニウム」と正式に命名された。

ガムを噛むやうに口元動かして「ニホニウム」と言ふ言へば愉しく

十二月七日(水)

先日、JTB関連の月刊誌に旅のエッセイを寄稿した。偶然にも、この雑誌の発行責任者は高校の同級生のA君であった。

校歌には「国家のために学ぶ」と
いふフレーズありてともに歌ひき

十二月八日㈭

NHK「短歌de胸キュン」の収録。題は「飾る」。その後、神田の学士会館にて現代歌人協会の総会と忘年会。

理髪店の馬革ベルトつややめきぬ銀杏落ち葉が地を飾る夜に

十二月九日㈮

上野の喫茶店で来年の講演会の打ち合わせ。終了後にアメ横を散策。アジア系の人々であふれており、日本国内とは思えない。

アメ横で売らるる仔犬ふはふは
を連れ帰りたし飼へぬけれども

十二月十日㈯

土浦市にて小野小町文芸賞の授賞式。児童の部の特選は市内在住の小学三年生の作品。「アブラゼミミンミンと鳴くおすの声きみは七さいぼくは九さい」。

霞ヶ浦に夏の来るころ九歳
の子と七歳の蟬は出合ひぬ

十二月十一日(日)

浦和市にて「塔」さいたま歌会。題詠は相聞歌。

節約も浪費も楽しかりし日

に君と出逢ひぬ川沿ひの街

十二月十二日(月)

近所のアパートから子を叱る女性の声が聞こえて、心の底から寂しくなる。叱る気持ちに覚えがあるから。

弱き母が弱きわが子を叱りゐる冬の夕暮れ　葱買ひ帰らう

十二月十三日(火)

葉を堅く巻いたキャベツ。とてつもない存在感がある。

ゆふぐれのキャベツの内に海あ
りて貝や星など沈みゐるべし

十二月十四日㈬

ＪＲ常磐線。十秒ほどのことで乗り遅れてしまった。次の列車が来るのは二十五分後。だが、なんと五分遅れで運行しているという。前の電車が五分遅れだったら間に合ったのに。私の人生、こういうことの連続である。

間の悪き成りゆきなれど空は晴れされれば運良き一日《ひとひ》としよう

十二月十五日㈭

二〇一六年の「今年の一皿」はパクチー料理に決まったという。パクチーは大好物。

熱々のフォーに山盛りパクチー
を乗せれば心までみどりいろ

十二月十六日㊎

いま習っているフラダンスの曲は「カ・プア・ウィ（美しい花）」。孫への愛を表わす曲で、男女の情愛を踊ることの多いフラダンスの中では珍しい。

新幹線車内を走る子らをれ
ど子どもは宝、美しき花

十二月十七日（土）

会期延長を重ねる国会。年金やカジノの法案をめぐって揉めた。

閣法と議員立法どう違ふ社
会の授業で学んだけれど

十二月十八日(日)

代々木の明治神宮にて月次歌会の選者を務める。兼題は「極」。

極道や極悪人を詠みし歌

あらず代々木の森の歌《うた》会《くわい》

十二月十九日（月）

焚火に集まって手をあたためていた頃がなつかしい。

手の甲はぬくもりがたし朝まだき焚火に一歩二歩と近づく

十二月二十日㈫

冬の夜の森は神秘的である。

極月の森より夜ごと歩み出る

木のあり誰の夢に入りゆく

十二月二十一日(水)

如水会館にて高野公彦氏へのインタビュー。第十一回。
塚本邦雄作品の魅力のことをうかがう。塚本氏の著書『ことば遊び悦覧記』は、ことば遊びの宝庫のような一冊。そこで私も回文をつくってみた（四句目と結句が回文）。

桃太郎一行が来て宣《の》りにけり「猿も守るさ那覇の菜の花」

十二月二十二日 ㈭
冷えは足元からやって来る。

胸よりも手よりも足首さむき日は
ブーツを履きてコンビニに行く

十二月二十三日㈮

ベストドレッサー賞に選ばれた都知事の小池百合子氏。揺れるアクセサリーをつけている姿を見たことがない。

髪が揺れイヤリング揺れ歳末の
カフェにをみなら笑ひさざめく

十二月二十四日(土)

子どもの頃、クリスマスが近づくと部屋にツリーを飾り、イブには家族でデコレーションケーキを食べた。しかし贈り物をもらった記憶がない。

パソコンを閉ぢて眠らむ雪原
に橇を弾ませトナカイのゆく

十二月二十五日(日)

ファラデーの『ロウソクの科学』は少年少女向けのクリスマス講演をまとめたもの。中学生の頃に読んで惹き込まれた。

蠟燭の炎の中に生まれては消ゆる水ありメリー・クリスマス

十二月二十六日(月)

徒歩五分のところに東京電機大学がある。キャンパス内の学生食堂には月に一度、豪華メニューが登場。たとえばサーロインステーキセットが六五〇円で、かなりおいしい。先日、食べに行ったら近所のご夫婦と会った。学生にはみな老人に見えるのだろう。

学食は老人われらの憩ひの場
コーヒーお代はりして話し込む

十二月二十七日(火)

今年のNHK大河ドラマ「真田丸」は面白かった。藤井隆さんが演じた佐助（猿飛佐助がモデル）がとびきりチャーミングだった。

土を知り風雨を読みて戦乱を
駆け抜けてゆく透波《すっぱ》のいのち

十二月二十八日㈬

息子が東京の大学に在学中だったのは、もう十年以上も前。

ハチ公の左の耳は垂れゐる
と子に教はりぬ雪の渋谷に

十二月二十九日（木）

笑いはじめるときの人の顔を見ているのが好きだ。特に赤ちゃんの笑顔。

磁石へと吸はるるやうにほほゑみ
が顔にひろがるまでを見てをり

十二月三十日㈮

ごく微量の毒は世界を美しくする。あくまでも、ごく微量だが。

アルカロイド含《ふふ》める空か冬の
雨やみたるのちの夕焼けの色

十二月三十一日㈯

翅があったらいいなあ。

今日といふ窓から明日といふ窓

へぶーんと音を立てて飛びたし

あとがき

二〇一六年一月一日から十二月三十一日までの一年間、一日一首を詠み、ふらんす堂のホームページで「短歌日記」として発表しました。その折の三六六首を詞書とともに収めたのが本書です。私の九番目の歌集にあたります。

本書より前に刊行した八冊の歌集では、できるだけ詞書は少なめにしようと心掛けてきました。詞書を多用すると、短歌の自立性が削がれるような不安を覚えていたからです。けれども今回は、せっかくの機会なので、文章と短歌とのコラボレーションを楽しんでみよう、と考えを切り替えました。短歌が詞書に依存しそうになって悩むこととの連続でしたが、結果はともあれ、新鮮な体験ができたと思っています。

歌集のタイトルは『南の窓から』としました。拙宅は下町の路地に建つ狭小住宅ですが、南側の部屋だけは窓が大きいので眺望を楽しむことができます。この部屋で歌を詠みながら、私は南の窓の彼方に広がる空や風や木々や、そしてさまざまな人たちに向けて言葉を発していたように思います。

河野裕子氏のエッセイ集に『みどりの家の窓から』があり、倉本聰氏の脚本によるドラマに『北の国から』があります。すばらしい二つの作品のタイトルからニュアンスをお借りするかたちになって恐縮ですが、「南の窓から発した日々の記録」という意味をこめて、歌集名を『南の窓から』と決めました。

「短歌日記」の連載や歌集刊行に際して、ふらんす堂のスタッフの皆様に多大なお力添えを賜わり、いろいろとお世話様になりました。

どうもありがとうございました。

二〇一七年六月二〇日

栗木京子

著者略歴

栗木京子（くりききょうこ）

1954年　愛知県生まれ。京都大学理学部卒。塔短歌会選者。

読売新聞、西日本新聞、婦人公論の短歌欄の選者。

歌集は『夏のうしろ』（若山牧水賞、読売文学賞）、『けむり水晶』（迢空賞）、『水仙の章』（斎藤茂吉短歌文学賞、前川佐美雄賞）など８冊を刊行。

評論集に『名歌集探訪』『うたあわせの悦び』『現代女性秀歌』、入門書に岩波ジュニア新書『短歌を楽しむ』『短歌をつくろう』がある。

南の窓から　minami no mado kara　栗木京子　Kyoko Kuriki

塔21世紀叢書第305篇

2017.07.20 刊行

発行人　山岡喜美子

発行所｜ふらんす堂

〒182-0002 東京都調布市仙川町 1-15-38-2F

tel　03-3326-9061　fax 03-3326-6919

url　www.furansudo.com　email　info@furansudo.com

装丁｜和　兎

印刷｜㈱トーヨー社

製本｜㈱新広社

定価｜ 2000円＋税

ISBN978-4-7814-0980-1 C0092 ¥2000E

2007 十階 jikkai
東直子 Naoko Higashi

2010 静かな生活 shizukana seikatsu
岡井隆 Takashi Okai

2011 湖をさがす umi o sagasu
永田淳 Jun Nagata

2012 純白光 jyunpakuko
小島ゆかり Yukari Kojima

2013 亀のピカソ kame no Picasso
坂井修一 Shuichi Sakai

2014 午後の蝶 Gogo no chou
横山未来子 Mikiko Yokoyama

2015 無縫の海 Muhou no umi
高野公彦 Takano Kimihiko

短歌日記シリーズ　定価 2000 円＋税　以下続刊